Auteurs :
Dominique Foufelle
Catherine Rambert
Sonia Staebler
Michèle Soldevila

Illustrateurs :
Didier Cabaret
Fabienne Gallois
Thierry Nouveau
Valérie Pettinari
Jean-Christophe Raufflet
Patrick Royer
Sophie Surber
Natacha Toutain

Directrice de l'édition : Béatrice Capelle
Éditrice responsable : Sophie Landais

Hachette Collections
43, quai de Grenelle
75905 Paris Cedex 15
ISBN collection : 978-2-84634-134-9
ISBN ouvrage : 978-2-84634-147-9
Loi n°49 956 du 16.7.1949 sur les publications destinées à la jeunesse
Achevé d'imprimer / date de réimpression : septembre 2013
Imprimé par Pollina, France - L65305I
Dépôt légal : août 2006

Pour l'éditeur, le principe est d'utiliser des papiers composés de fibres naturelles, renouvelables, recyclables et fabriquées à partir de bois issus de forêts qui adoptent un système d'aménagement durable.

En outre, l'éditeur attend de ses fournisseurs de papier qu'ils s'inscrivent dans une démarche de certification environnementale reconnue.

l

comme Léa

Maman, c'est vrai que **la lune** ça s'écrit avec un **l** comme **Léa** ? demande **Léa**.

Oui, dit maman.

Mais il y a aussi Laura, Ludivine, Laurent.
Ou encore locomotive, lapin...
Et lit ! dit Léa.

Léa s'endort dans son lit.

Dans son rêve, elle voit une **l**ocomotive conduite par un **l**apin à **l**unettes.

Viens **L**éa, dit **l**e **l**apin.
Je t'emmène vers
le **l**ac magique.

Léa conduit la locomotive
avec le lapin. Que c'est rigolo !

Sur le chemin, ils rencontrent Lilian,
le cow-boy. Avec son lasso,
il s'accroche à la locomotive.

En avant !

La locomotive arrive près du lac magique.
Sur l'eau, il y a des petits
lampions multicolores.

Bonjour Léa, bonjour Lilian,
dit une loutre. Venez jouer avec moi.

Léa et Lilian jouent
avec **la loutre** dans **le lac**.

Soudain, une **libellule** arrive
en faisant des **loopings**.

Qui veut venir faire des **loopings** avec moi ?

Moi ! crie **Léa**.

Nous aussi, disent Lilian et la loutre.

Brr ! j'ai froid ! dit Léa en sortant de l'eau.

Le lapin à lunettes lui donne un pull en laine.

Couvre-toi, et venez tous
boire un chocolat
au lait !

Soudain, Lilian court vers le lac
et jette son lasso dans l'eau.

Le pauvre, il a renversé son chocolat
au **l**ait sur son beau **l**asso !

Oh ! mais voilà **la lune**,
dit **le lapin** à **lunettes**.
C'est **l'**heure de rentrer.

En voiture tout le monde ! dit le lapin à lunettes.
Et la locomotive s'envole vers la lune.

Léa se réveille dans son **lit**.

Je vais dessiner **la lune** et **la** donner à maman.

Tiens, maman, j'ai dessiné une jolie **l**une pour toi.

Les autres

Lutin

Livre

Louche

Lacet

Lavabo

mots de Léa

Lance

Laitue

Limace

Lampe

Lézard